AF258246

L36
b
3680

LE
PRINCE
ABSOLV.

A PARIS.

M. DC. XVII.

AV ROY.

SIRE,

Encore que voftre Majefté peuft dire du feu
Roy d'immortelle memoire, ce que l'Empereur Ty-
bere difoit d'Augufte, *qu'il n'y auoit que fon feul efprit
qui fuft capable d'vn faix fi pefant, qui eft celuy du gouuernement de la Republique* : Si eft-ce que la France vous
voyant auiourd'huy le Sceptre à la main, ofe efperer
que vous ne ferez pas moins heritier des rares vertus
d'vn fi bon Pere, que vous eftes legitime fucceffeur de
fes Couronnes, & que fi les Payens adoroient le Soleil
dés l'aube du iour, comme vne Deité imaginee de laquelle ils attendoient tout leur bon-heur : Nous pou-
uons à plus iufte fujet, & fans foupçon d'idolatrie, iet-
ter nos yeux fur voftre Majefté, comme fur vn Aftre
naiffant, duquel nous auons à receuoir l'influence d'v-
ne continuelle profperité. Car puis que les peuples
prennent du Prince comme d'vn moule public, la for-
me de toutes leurs actions, changeans & rechangeans
leurs mœurs auec les fiennes, vous nous ferez vn exemple fi parfaict, que femblable à vos predeceffeurs, vous
porterez les tiltres glorieux, DE CONQVERANT, DE
SAGE, DE GRAND, DE DEBONNAIRE, ET DE PERE DV
PEVPLE. Tiltres vrayement heroïques, & qui immor-
talifent le nom de ceux qui en ont efté honorez : Mais
le vray caractere qui fait difcerner voftre Majefté
d'entre tous les Roys de la terre, & qui fait que vous
les furpaffez en grandeur, eft le tiltre facro-fainct de
ROY TRES-CHRESTIEN, acquis à vos ayeulx, pour leur

zele incomparable enuers la Religion. C'eſt pourquoy, SIRE, marchant ſur leurs pas, nous verrons en
nos iours fleurir ſi heureuſement la Pieté ſous la dou-
ceur de voſtre Empire, que la France ſera comme vn
Temple ſacré où le ſeruice de Dieu ſe maintiendra en
ſon ancienne pureté. A cét effect vous ſçaurez par voſtre prudence, faire touſiours vne telle élection des
Prelats de l'Egliſe, qu'ils ſe rendront autant venerables par l'innocence de leur vie, que par l'eminence
de leur ſçauoir, ſans ſouffrir que les ignares, non plus
que les vicieux, s'approchent de l'Autel, & polluent
les choſes ſainctes. Car ne doutez point, SIRE, que les
Princes n'ayent à reſpondre au iugement de Dieu, du
mauuais exemple, & des ſcandales que les Paſteurs
donnent à leurs troupeaux. Apres les auoir donc choi-
ſis à la marque de leur merite, & probité, vous leur
ſçaurez rendre la reuerence qui eſt deuë à leur On-
ction, ce reſpect ne ſe rapportant pas ſeulement à
leurs perſonnes, mais au Roy des Roys, duquel ils
ont l'honneur d'eſtre Miniſtres. Ainſi vos predeceſſeurs, dont l'hiſtoire celebre la pieté, ont grandement
deferé à cét Ordre, voire iuſqu'à l'honorer quelquesfois de la Regence du Royaume, ſans ſe figurer qu'en
cela leur Majeſté fuſt diminuée, ains ils eſtimoient
que les graces du Ciel en découloient ſur leur chef,
auec la benediction & bien-vueillance vniuerſelle
des peuples, leſquels croyent auſsi ne pouuoir iamais
receuoir rien d'iniuſte ny d'inſupportable d'vn Prince
religieux. Pourtant, SIRE, vous n'eſtimerez point pecher en l'excez du reſpect que vous defererez à des
perſonnes de ceſte qualité, puis qu'il n'y a à redouter
en eux aucun eſtabliſſement temporel, parce qu'ils
ne ſe reueſtent que de ce qu'il plaiſt au Prince de
leur attribuer par ſa pieté, ſans qu'ils l'vſurpent par

aucune ambition. Ioint que tout ce luſtre externe s'e-
ſteint en leurs perſonnes, & n'eſt ſuiuy d'aucun de
leurs maiſons qui le releue, apres eux. *Anciennement Le*
(dit l'hiſtoire) en toutes chartres & tiltres des Roys, l'ad-ſieur
dreſſe eſtoit aux Prelats, puis aux Ducs, Comtes & autres, du
& la ſouſcription premiere d'iceux, aux Prelats: Meſme au Til-
Sacre, & Couronnement du Roy Philippe premier, les Pre-let.
lats approuuerent ledit Roy les premiers, qui eſtoit la façon
du temps, & ſont nommez auant les Laics. En celuy du Roy
Loüys onzieſme, les Pairs d'Egliſe, & autres Prelats, prece-
derent les Pairs, Laics, & autres Princes, Ducs, Comtes &
Seigneurs, & furent en l'Egliſe audit acte, & au diſner aſsis
à la dextre du Roy, les Pairs & autres Laics à la ſeneſtre, &
a eſté ainſi obſerué a tous les autres ſacres & Couronnemens
deſdits Roys. La meſme hiſtoire parlant auſsi de la
ſeance des Prelats aux Eſtats generaux du Royaume, remarque, *qu'en ceux de Tours par ledit Roy Loüys*
onzieſme le Cardinal Baluë fut aſsis au coſté droit du Roy,
ſur vne chaire couuerte de drap d'or ſur velours cramoiſy,
les autres Prelats de meſme coſté: Et ſur autre chaire ſem-
blable, au coſté gauche fut aſsis le Roy Réné de Cyrille, Duc
d'Anjou Prince du ſang, & dudit coſté les autres Princes,
Ducs, Comtes & Seigneurs Laics. Elle adiouſte encores,
que l'année 1377. *l'Archeueſque de Rheims, vn Eueſque*
d'Allemagne Chancelier de l'Empereur Charles quatrieſ-
me, & l'Eueſque de Paris, furent en vn diſner aſsis, au deſ-
ſus de l'Empereur, du Roy Charles cinquieſme, & du Roy
des Romains fils de l'Empereur: Meſmement, à l'entree
du Roy Henry ſecond, *les Princes plus proches de la*
Couronne Laics querelloient pour s'aſseoir à la dextre du
Roy, voulans que les Princes du ſang d'Egliſe fuſſent à la ſe-
neſtre, ledit Roy honora l'Egliſe de ſa dextre. De ſorte,
S I R E, que vos predeceſſeurs, ſelon le plus ou moins
de leur zele enuers l'Egliſe, ont donné rang aux Ec-

clefiaftiques, cefte reuerence ayant tant feruy à leur
reputation, & à l'heureux gouuernement de leur
Royaume, que les Prelats demeurans ainfi en rang
ibid. eminent, eftoient comme interpofez entre les Roys
& les Grands de l'Eftat, pour les contenir en leur deuoir, & les y attacher par les liens de la confcience,
liens beaucoup plus forts que n'eft la terreur de toutes les loix humaines. Ce que i'en reprefente à voftre
Majefté, eft plus pour luy faire admirer la grande deuotion de fes Peres, que pour l'induire à redreffer ces
anciens degrez d'honneur en faueur des Prelats de ce
temps, eftimant que leur modeftie & humilité eft
telle, que pourueu que Dieu ne foit mefprifé en eux,
& que les ennemis de l'Eglife ne s'en orgueilliffent de
leur rebut, ils n'auront iamais ambition d'eftre plus
honorez dans le monde qu'ils font.

Voftre Maiefté ayant donc efté fi foigneufement
efleuee en fon bas aage, qu'elle a fuccé la pieté auec
le laict, elle craindra Dieu toute fa vie, & l'aymera de
toute fon ame, parce que c'eft ce feul grand Dieu qui
allonge & accourcit comme il luy plaift la vie des
Roys, & qui tenant leur cœur en fes mains, l'encline
où il veut. Et fi auec le tiltre de *Roy tres-Chreftien*, voftre Majefté s'honore encore de celuy de *Fils aifné de
l'Eglife*, elle tefmoignera par toute forte de fubmif-
fion, l'obeiffance qu'elle doit au Chef vifible de cefte
Efpoufe, iettant humblement fon Sceptre & fa Couronne aux pieds de la Croix du fils de Dieu, que ce
fouuerain Pafteur reprefente icy bas en terre. Les
Conftantins, les Theodofes, vn Clouis, vn Charle-
magne, & les autres Roys vos deuanciers vous ont
laiffé affez d'exemples de leur deuotion enuers le
fainct Siege, pour vous animer, SIRE, à ne leur ceder
en ce deuoir. Partant fi en noftre fiecle corrompu il

y a des esprits chagrins & contentieux, qui ayans la
voix de Iacob, & les mains d'Esaü, sement des discours au desaduantage de la reuerence deuë au vray
successeur du Prince des Apostres, pour le mettre en
ombrage aux Souuerains, & Potentats, vous sçau-
rez, S i r e, boucher vos oreilles au sifflement de telles viperes, sans apprehender que ce Pere commun
de la Chrestienté, entreprenne iamais chose qui pre-
iudicie au pouuoir absolu de vostre Majesté. Car
outre ce que luy, & tout le Clergé de France pro-
nonce anatheme & damnation eternelle, à tous scele-
rats & parricides qui osent attenter à la sacree personne des Roys, ils sçauent que vous estes Souue-
rain de toute sorte de Souueraineté temporelle en
vostre Royaume, n'estant feudataire, ny du Pape, ny
d'aucun autre Prince; & qu'en l'administration des
choses temporelles, vous dependez immediatement
de Dieu, & ne recognoissez aucune puissance par
dessus vous, que la sienne : Mais si du Tribunal de
l'Eglise, comme d'vn Arsenal spirituel, ce grand Pon-
tife lance quelquesfois des foudres contre les Princes
heretiques, & persecuteurs de la Religion Catholique : vostre Majesté n'a pas à les craindre, parce que
vous estes heritier de la Couronne, & du nom, & de
la foy de ce glorieux S. Louys, qui estoit l'appuy de
l'Eglise & l'abry & la retraicte des Papes. C'est pourquoy, S i r e, vous estes inseparable & indiuisible de
l'vnion & de l'amitié du Siege Apostolique, & con-
uié par toutes raisons, & spirituelles & temporelles
de la maintenir. Aussi le Pape Paul qui sied auiour-
d'huy, estant Parrain de V. M., & comme son second
Pere, s'employe par toutes sortes de soins & d'offices,
à procurer enuers Dieu & les hommes, le bien & la
conseruation de V. personne & de V. Royaume. Bref,

SIRE, souuenez-vous, (ainsi que l'a tres-elegam-
ment escrit, vne des grandes Lumieres de l'Eglise)
*que comme quand l'Arche de l'Alliance residoit en la mai-
son d'Oreb-Edon, il n'y auoit espece de felicité qui ne luy
arriuast : Ainsi pendant que la communion du Siege Apostolique a esté parmy nous, & que nous auons eu l'assistance
du Vicaire de celuy qui est la vraye Arche d'alliance, toutes
sortes de prosperitez nous sont arriuees. Le nom François
s'est espandu d'vn bout du monde à l'autre, & nos lys ont
fleury aux plus loingtaines parties de la terre. Et au contraire, lors que nos Roys ont esté separez de l'vnion du Siege Apostolique, le lys a esté entre les espines, & toutes sortes
d'angoisses & d'aduersitez nous ont assiegez.* Les Palais
appartenans donc aux Roys, & les Temples & les
Autels aux Prelats, vous tiendrez lieu d'oüaille en
l'Eglise, & non de Pasteur, prenant l'encensoir à la
main, & vsurpant l'authorité de la Religion, comme
vn Roy Ozias qui fut frappé de lepre pour ce sacri-
lege. Vous desirerez seulement que vos peuples vous
rendent ce qui appartient à Cesar, sans vous donner
ce qu'ils doiuent à Dieu. Nous deuons beaucoup(dit

In
Matt.
cap.
25.

*vn genereux Athlete de la Foy) au Roy establytsur nous
de l'ordonnance de Dieu : Mais nous ne luy deuons rien que
nous ne deuions à Dieu, duquel il est Lieutenant, & nous
deuons beaucoup de choses à Dieu, que nous ne deuons pas au
Roy. Nostre denoir enuers le Roy est borné, & enuers Dieu
nostre denoir n'est iamais acheué. Au Roy nous deuons beaucoup, à Dieu nous deuons tout.*

Or, SIRE, d'autant qu'apres le vray culte de la
Religion, & la reuerence deuë à vos Peres spirituels,
l'honneur & le respect qu'vn Prince Chrestien doit
à ses Parents, est encores vne des marques principales
d'vne parfaicte pieté, la France a sujet de s'esiouyr &
de vous benir de la tendre & cordiale amitié que

vous

vous auez touſiours témoignée à la Reyne voſtre Mere, à laquelle outre la naiſſance, vous vous reſſentez
eſtroictement obligé du ſoing particulier que ceſte
grande Princeſſe a touſiours eu de voſtre perſonne, &
de voſtre Eſtat, l'ayant ſi bien regy durant voſtre mi-
norité, qu'elle ſe peut glorifier qu'il ne s'eſt jamais
paſſé Regence plus heureuſement que la ſienne, ce
Royaume durant ce temps-là n'ayant eſté troublé,
ny agité d'aucunes guerres ciuiles. C'eſt pourquoy on
luy peut iuſtement attribuer la meſme loüange que
Phocion ſe donnoit, *d'auoir ſi bien conduit ſa Republique,*
que durant ſon adminiſtration les Atheniens n'auoyent eu
autres ſepultures que celles de leurs Peres, tant ceſte ſage
Princeſſe ſçeut obliger vos ſujets par toutes ſortes de
liberalitez, pour les contenir en deuoir apres le deplo-
rable decez *Du Grand Henry* voſtre Pere, ainſi que les
Eſtats generaux luy témoignerent par les eloges & a-
ctions de graces, dont ils loüerent & celebrerent ſon
gouuernement à l'entree & à la cloſture de leur Aſ-
ſemblee. Depuis, le mal-heur a eſté pour elle & pour
toute la France, que Tels qui deuoient ſe cognoiſtre
& n'abuſer de la felicité de leur fortune, ſe ſont neantmoins ingrattement & inſolemment comportez enuers elle, ſe rendans indignes des graces, des honneurs,
& des biens-faits dont elle les auoit comblez. Surquoy
voſtre Maieſté la remerciant de ſes labeurs paſſez, a eu
pour aggreable qu'elle ſe repoſe maintenant en ſa ſo-
litude, où receuant tout le gracieux & fauorable trai-
ctement qu'vn fils bien né doit à vne Mere ſi vertueu-
ſe, elle prie Dieu inceſſamment pour voſtre proſperité, pour la paix & grandeur de voſtre Eſtat. Tres-
marrie qu'elle eſt de ne vous l'auoir rendu plus floriſ-
ſant, ce qu'il y a à deſirer eſtant pluſtoſt arriué par
l'artifice & par l'illuſion d'autruy, que non point par

B

mauuaife intention qu'elle ayt iamais euë enuers ce
Royaume, la candeur & fincerité de fes actions eftant
cogneuë de Dieu & des hommes vuydes de paffion.

Finalement, S I R E, vfant du propre langage du
Sereniffime Roy de la grande Bretaigne, au feu Prince de Galles fon fils, ie diray à voftre Majefté, *que puis
qu'elle a l'authorité de Magiftrat legitime, elle ne fouffrira
point que ceux defquels elle a l'honneur d'eftre iffuë, & qui
auront eu puiffance & authorité fur elle, foient calomniez par
qui que ce foit, mefmement puis que le fait vous touche auffi
en particulier, pour ne laiffer à ceux qui viendront apres
vous, fujet de vous traitter à la mefme mefure que vous aurez
mefuré les autres.*

au pre-
fent.
royal.
2.part

Dauantage, S I R E, la perfonne de M O N S I E V R,
qui eft comme le bras droict de voftre Majefté, eftant
fi dignement effeuée pour fe rendre capable de la fer-
uir vn iour, aura en vous vn fecond Pere pour le proteger, comme vous faires auffi Mefdames, & les Princes de voftre fang, afin qu'accompliffant ainfi les commandemens de Dieu en leur premiere & feconde ta-
ble, vous cueilliez abondamment le fruict des pro-
meffes fpirituelles & temporelles, faictes à ceux qui les
obferuent religieufement.

Encores, S I R E, qu'il fuft à defirer pour la gloire de Dieu, que vos peuples fiffent profeffion d'vne
mefme Religion, & qu'ils adoraffent tous fous la vou-
te d'vn mefme Temple, parce que là où la diuine Majefté eft diuerfement feruie, celle des Roys qui en eft
l'image viuante, eft tant moins crainte & reueree : Si
eft-ce que puis qu'il à pleu à vos predeceffeurs de
leur permettre par leurs Edits, la liberté de confcience, voftre Maiefté la leur maintiendra inuiolable-
ment, fans fouffrir qu'on en altere la grace & le bene-
fice. Si bien que les traictant efgallement fans aucu-

ne distinction d'eux aux Catholiques, puis qu'ils sont
tous vos subjets, ils participeront aux charges & honneurs du Royaume, les faueurs particulieres de vostre Majesté ne leur estant mesme déniées, tant qu'ils
s'en rendront dignes par leur fidelité, & affection au
bien de l'Estat. Mais il y a entr'eux quelques esprits
turbulens, qui non contens des grands auantages qui
leur sont concedez par les Edits de pacification, no-
tamment par celuy du feu Roy vostre Pere, ils vou-
loient innouer & se porter à des demandes & preten-
sions excessiues, ou visiblement preiudiciables à la Religion Catholique, & à l'authorité Royale, vostre Majesté les sçaura lors renfermer dans leurs iustes limi-
tes, & leur faire sentir qu'estant apres Dieu l'vnique
protecteur de la Cause de l'Eglise, vous la garantirez
de leur oppression, comme aussi vostre Royaume de
toutes les semences d'vne miserable Anarchie, lesquelles n'estans estouffées à leur naissance, montent quelquefois à vn si haut degré de rebellion & de desobeys-
sance, qu'elles desolent les plus puissantes Monarchies.

Vostre trône ayant donc la Pieté pour principal
appuy vous regnerez vrayement en Prince absolu,
parce que vos commandemens ayant la Loy de Dieu
pour regle souueraine, seront accomplis auec tant d'o-
beissance, que l'enfant debonnaire ne ploye pas plustost à la volonté du Pere que vous serez craint, seruy
& honoré d'vn chacun, vous souuenant sur tout, que
les Roys doiuent tousiours estre plus religieux que
leurs subjects. Car ils ont beaucoup plus d'alleche-
mens de pecher que non pas eux, n'estans punis des
hommes, mais de Dieu seul. Ioinct qu'ils pechent autant par l'exemple qu'ils donnent, que par le mal qu'ils
font. Mais d'autant qu'auec la Pieté, la Iustice est la

feconde colomne qui fouftient les Monarchies, voftre
Majefté la fera foigneufement adminiftrer à fes peuples, leur donnant des Magiftrats qui foyent gents de
fcience & de confcience, qui oyent les cris de l'orphe-
lin , & ayent commiferation des larmes de la vefue.
Tels voftre Majefté les fçaura choifir , quand elle ai-
mera la Iuftice, & aura fouuent à la bouche cefte fen-
tence qui eft plus pure que l'or fin. *Encores que ie
puiffe tout , fi n'y a-il que les chofes juftes qui me foient per-
mifes.* En quoy vous imiterez ce Grand Monarque,
à qui vn Courtifan vouloit perfuader , que tout eftoit
jufte aux Roys : *Ouy bien* (luy refpondit-il) *aux Roys
des Barbares.* Aimant ainfi l'equité & la droicture , elle abondera en voftre maifon , & de cefte fource les
ruiffeaux s'en épandront jufques aux extremitez du
Royaume. Le Magiftrat fera auffi tant plus autho-
rifé enuers vos Peuples, quand vous l'honorerez &
armerez fon bras pour le rendre formidable aux mef-
chans : vos Cours fouueraines eftans principalement
eftablies pour proteger les innocens, & pour venger
leurs iniures contre tous ceux qui les oppriment.
Pourtant, SIRE , ces celebres Compagnies-la auront en voftre Majefté vn tel fouftien & appuy, que
fortifiées toujours plus de voftre authorité , elles fe-
ront autant de rempars inexpugnables pour la defen-
fe de la Religion & de l'Eftat. Or dautant que la ve-
nalité des Offices eft vne breche par où il entre beaucoup de mal au Royaume , vous en corrigerez l'abus
tout autant que vos affaires le pourront permettre.
Car qui achette en gros peut eftre tenté de vendre en
detail. C'eft ce qui porte quelquefois le Financier au
larcin, le Iufticier à la corruption des prefens , & le
Guerrier à la violence & à lex-action. Ce feroit auffi
chofe bien plus loüable de rendre l'honneur & le pris

à la vertu, auançeant aux charges & offices ceux qui
n'ont autre degré pour y monter que leur seul merite.

La Clemence, S I R E, vous sera pour interprete de
la Loy, & retiendra en l'air le glaiue de la Iustice. Il a
tué dit la Loy. Il l'a fait son corps defendant & sans y
penser dira la Clemence, ou bien il a tué celuy qui
auoit mis à mort son propre Pere, ou quelqu'vn de
son sang : Mais sous couuerture de Clemence, vostre
Majesté ne fera iamais vne iniustice, elle ne luy seruira
point de masque, elle ne luy prester iamais sa robe à
si mauuaise fin. En pensant à la douleur & au supplice
d'vn particulier, vous peserez l'interest public, & la
consequence de l'impunité. Car il est autant abomina-
ble deuant Dieu d'absoudre le meschant que de pu-
nir l'innocent : & le Prince, (disoit le sage Emile), *qui*
ne reprime point le mal, semble le commander luy-mes-
me. Viuant ainsi vostre Estat sera grandement heureux, les Romains n'ayans iamais acquis l'Empire du
monde, que parce qu'ils sacrifioient souuent en leurs
Temples, & estoient grands zelateurs de la Iustice, se-
lon la loüange que leur en donnoit l'Empereur Seue-
re, le premier leur rendant les Dieux propices, *& le*
second conseruant leurs Peuples en amitié & subiection.
C'est pourquoy le valeureux Roy Clouis qui em-
brassa le Christianisme, s'enquerant de sainct Remy,
duquel il receut le Baptesme (combien dureroit ceste
Monarchie, tout autant de temps, (respondit-il) *que la*
Religion & la Iustice y fleuriront, parce qu'en tout l'Estat
où le crime est pardonné voire recompensé, & où l'on ne de-
libere point si l'honneur de Dieu y est conserué ou non, il n'en
faut attendre qu'vne horrible subuersion.

Et d'autant, S I R E, que les Roys ne regnent par la
seule force des bras, mais auec la prudence & sagesse

de l'entendement, voſtre Majeſté aura touſiours pres
d'elle de bons & fideles Conſeillers qui aiment la
grandeur du Royaume, qui en eſpouſent genereuſe-
ment la defenſe , & qui n'eſtans touchez d'autre inte-
reſt , ny meus d'autre paſſion que du bien public, vos
ſubiets repoſent ſous leurs veilles, & l'Eſtat reçoiue
vne ſi profonde paix , que comme ceux qui auoient
veſcu ſous l'Empire d'Auguſte ſe reputoient heureux , qu'auſſi voſtre regne nous comble d'vne telle
felicité , qu'il puiſſe eſtre non ſeulement comparé au
plus tranquille ſiecle d'aucun de vos predeceſſeurs,
mais qu'il le ſurmonte en toute ſorte de proſperité.
Et ſi vne Republique eſt plus aſſeuree là où le Prince eſt mauuais , que là où les Miniſtres le ſont, combien nous deuons-nous eſioüir de ce que le Ciel nous
preſeruant de ces deux inconueniens, nous a donné
auiourd'huy vn Roy tres-vertueux, & encores aſſiſté
du meſme Conſeil dont le *Grand Henry* ſon Pere s'eſt
touſiours ſeruy ?

Puis qu'il a donc pleu à Dieu, SIRE, de vous conſeruer iuſques à preſent , ces graues & venerables
Vieilards pour vous aider maintenant comme Pilotes
tres experts à conduire le vaiſſeau de ceſte Monarchie , nous ne doutons point que vous n'ayez l'oreille
attentiuement ouuerte aux ſages Conſeils qu'ils vous
donneront pour vous faire ſurgir à bon port. Si bien
que ne faiſant rien d'important ſans leur aduis, vous
ne vous repentirez iamais de l'auoir fait. Ce ſeroit
auſſi choſe tres dommageable au Prince, (diſoit le
Senateur Pompeianus)de demander conſeil à qui ne le
ſçait pas donner, & encores pire, à qui ne l'oſe dire,
mais du tout mauuais de ne s'en ſçauoir aider apres
l'auoir receu. Or voſtre Majeſté ne ſe peut mal ad-
dreſſer pour le premier chef, veu la grande ſuffiſance

& capacité de ces dignes Personnages vieillis au maniement des affaires de cest Estat, & pour le second vous estes doüé d'vn naturel si doux & si debonnaire, que vous prendrez tousiours en bonne part l'honneste & respectueuse liberté de leur conseil, là où il ira du salut de vos Peuples, & de la gloire & reputation de vostre nom. Aussi les fideles Ministres d'vn grand Roy, tel que la nature vous a fait naistre, doiuent tousiours plus parler à sa personne qu'à sa fortune, d'autant qu'il seroit trop malheureux, si par vne lasche complaisance ou timidité seruile ils ne luy osoient librement donner aduis de ce qui regarde le bien de ses affaires, dont l'ignorance luy causeroit quelquesfois des pertes irreparables. Et pour le troisiesme poinct, qui regarde de se preualoir d'vn bon conseil apres l'auoir receu, vostre mesme debonnaireté fera que vous en tirerez toute sorte de fruict : Mais tout ainsi, SIRE, qu'on dit que les Egyptiens auoient ceste coustume que d'exposer leurs malades à la veuë du public, afin qu'vn chacun contribuast ce qu'il pourroit à leur guerison : De mesme, exposant les affaires du Royaume aux yeux des Princes de vostre sang, & des autres Grands que vous en estimerez dignes, tant Ecclesiastiques que Laiques, vous les admettrez en vos Conseils, & vous seruirez de leurs aduis, afin d'authorizer d'auantage les resolutions qui seront prises pour le bien de l'Estat. Car la reputation que cest ordre apportera dans les Prouinces, fera que vos peuples obeiront plus volontiers à ce qui aura esté arresté par vne si solemnelle deliberation. Ioinct qu'il y aura tousiours moins de murmure & de ialousie entre les plus notables de vos subiects s'ils se voyent honorez de la creance que vostre Majesté aura en eux ; chacun se ressentant comme obligé à l'execution des conseils

où il aura participé, la mauuaise couſtume de pluſieurs de noſtre nation, eſtant de cenſurer volontiers
la reſolution des choſes où ils n'ont pas eſté appellez.
Ce corps ainſi compoſé de tant de celebres perſonna-
ges rendra voſtre Majeſté tant plus Auguſte, laquelle
embraſſant auſſi les conſeils de la vraye prudence, ex-
poſera ſes actions au iour, & reiettant toute ſorte de
cauilation, comme indigne d'vn grand Roy, ne fera
rien qu'à deſcouuert, & qu'elle ne vueille que tout le
monde ſçache. Non pas, SIRE, qu'il n'y ait de cer-
tains myſteres au gouuernement d'vne grande Monarchie, qui deſirent le ſecret & le ſilence, & qui pour
n'eſtre eſuentez, ne doiuent pas eſtre propoſez ny re-
ſolus en vn conſeil ouuert, deſquels neantmoins tout
homme ſage & diſcret ne doit auoir la curioſité de
s'enquerir plus auant que de ce qu'on luy en doit
communiquer. C'eſt là où la prudence de voſtre Majeſté ſçaura apporter le temperament qu'elle iugera
eſtre plus à propos, donnant ſur tout ceſte impreſſion
à ſes peuples, qu'elle agit de ſoy-meſme, & que de
pluſieurs conſeils, ſoient publics ou particuliers, elle
ſçait touſiours eſlire & ſuiure le meilleur, ſans les eſ-
pouſer par faueur ou par paſſion, celuy des vieux
eſtant vrayement preferable à celuy des ieunes &
moins experimentez.

Comme vn grand Prince diſoit donc, *qu'il aimeroit*
autant faire vne oeuure digne de reprehenſion deuant les
Dieux, que de ſouſtenir vne mauuaiſe opinion deuant Vlpian
ce ſage Iuriſconſulte: De meſme voſtre Majeſté, cedant
au fidele conſeil de ſes bons ſeruiteurs, ne ſe roidira iamais à faire choſe d'importance contre leur aduis &
iugement. Ce n'eſtoit pas auſſi ſans ſujet que Ceſar
s'eſtonnoit de ce qu'Alexandre diſoit qu'il ne ſçauoit
plus que faire, *apres auoir conquis la plus grande partie du*
monde

monde, comme s'il y auit moins à faire à bien regir & gou-
uerner vn Royaume, qu'à l'acquerir. C'est pourquoy,
SIRE, vous seruant de toutes pieces pour vous ac-
quitter tant plus dignement d'vne charge si pesante
que celle que vous auez sur les bras, les bons liures
vous peuuent encores seruir de fidelles Conseillers:
car ils vous instruiront sans craincte ny caiolerie quel-
conque, vous représentant au naif quelle est la gloire
des Princes vertueux, & quel est le blasme de ceux
qui s'abandonnent au vice. Prenant plaisir de vous les
faire lire, & de vous en entretenir quelquesfois, cela
vous inspirera insensiblement vne certaine pointe &
generosité qui reschaufera vostre courage à imiter
toutes les glorieuses actions de tant de Heros que l'hi-
stoire celebre ne plus ne moins que le mesme Cesar
disoit, qu'il estoit touché du seul portraict d'Alexandre. *Apprens doctrine dés ta ieunesse* (dit l'Escriture) *&* Eccl.
tu trouueras sagesse, qui te durera iusques à ce que tu ayes ch. 6.
les cheueux blancs. Si tu aimes d'ouir, tu receuras prudence.
Si tu enclines ton oreille, tu seras sage. Aimant ainsi les
bons liures, ceux qui font profession des lettres seront
en estime aupres de vostre Majesté, laquelle sera en
nos iours le vray Restaurateur des Vniuersitez, que
les Roys ses Predecesseurs ont fondées pour l'vtilité
& pour l'ornement du Royaume, parce que la ruine
& la decadence n'en seroit pas moins honteuse à
leurs successeurs, que la fondation leur en a esté glo-
rieuse.

Auec la Religion, la Iustice & les lettres, le Prince se rend encores plus redoutable, s'il aime les armes,
s'il recueille fauorablement les gents de ce mestier, &
qu'ayant dequoy s'opposer à ses ennemis on perde
l'enuie de l'attaquer, toute paix desarmée estant volontiers foible. Vostre Majesté est yssuë d'vn Pere

trop valeureux pour auoir besoin d'estre excitée à
ceste grandeur de courage, puisque les forts engen-
drent des forts, les Aigles des Aigles, & non des colom-
bes craintiues. Semblable donc à ce grand Mars, vous
porterez la foudre à la main, vous entreprendrz sur
vos ennemis, vous vous deffendrez s'ils vous assaillent,
& departirez les charges de la guerre à vos subiects,
non tant pour le respect de leur naissance, qu'en con-
sideration de leur propre valeur. Et comme le mesme
Empereur qui ordonna des triomphes pour honorer
les victorieux, fist aussi des loix pour chastier honteu-
sement les pusillanimes: De mesme vostre Majesté re-
cognoissant le merite & le guerdon pour freres, elle
reputera aussi l'offense & la peine pour sœurs, c'est
à dire, qu'il y aura en son Royaume de la recompense
pour les braues, comme aussi du chastiment pour les
lasches & perfides. Pour comble de benediction vous
ferez que Dieu & les hommes soient tousiours tes-
moins de la Iustice de vos armes. *Car pour conseruer* (di-
soit le grand Scipion) *la paix dans vn Estat, il ne faut rien*
faire d'iniuste, ny rien souffrir de honteux. Et parce que la
victoire mesme des guerres ciuiles est dommageable
aux Princes, vous ne les entreprendrez iamais qu'à
toute extremité, & que l'honneur de Dieu & le salut
de vos peuples opprimez, ne vous y force plustost que
vostre interest particulier.

Les finances & le tresor du Prince estant encores
vne des bazes principales sur qui repose l'Estat, le
fond en doit estre si bien mesnagé qu'il ne tarisse iamais, veu qu'vn Prince necessiteux est moins craint
de ses subiects & beaucoup moins redouté de ses voi-
sins, tant peut sur les vns & sur les autres l'opinion
qu'ils conçoiuent de sa puissance. Or comme on don-
ne volontiers le commandement des armes aux plus

vaillans, aussi n'y aura il que les plus loyaux qui ayent
l'administration de vos Finances, de peur qu'en cui-
dant faire espargne vous ne fussiez desrobé. Non que
pouramasser beaucoup d'or & d'argent on doiue hu-
mer le sang & deuorer la substance des peuples, ains
les traictent doucement, on en est beny de la voix du
public, & les graces du Ciel se multiplient sur le chef
du Prince, qui semblable au Berger se contente de la
toison de ses brebis, sans les escorcher & en prendre la
chair & la peau. C'est ce qui faisoit dire à vn vray Pere
du peuple, *Qu'il gouuerneroit la Republique de telle façon,*
qu'il apprendroit que c'est le bien du public & non pas le sien.
Aussi les subiects (au iugement de l'Empereur Perti-
nax) *refusent quelquesfois de payer les tributs iustes & ac-*
coustumez quand on les charge d'imposts excessifs. Vous es-
pargnerez donc, SIRE, non en rauissant le bien d'autruy, mais en n'espanchant vos Finances en dons im-
menses, ny en luxe, ny en despenses superflues. Car
estre contrainct d'arracher aux vns pour donner aux
autres, ce ne seroit pas liberalité, ains ceste vertu chan-
geant de nom, elle s'appelleroit iniustice.

Et d'autant SIRE, qu'on estime les Roys estre volontiers tels que sont ceux qui les approchent, vostre
Majesté ne donnera accez ne credit aupres d'elle, qu'à
ceux qui sont vrayemeut gents d'honneur, aymant
mieux le parler libre d'vn homme sage & discret, que
le discours emmiellé des flatteurs, lesquels ne disent iamais au Prince ce qu'il est, mais beaucoup plus de ce
qu'il n'est pas. Si bien que complaisans à l'oreille de
leur Maistre, ils ne l'entretiennent que de ce qui luy
agrée, ne touchent ses imperfections que pour les cha-
toüiller, & le desguisant à soy-mesme, luy transfor-
ment ses vices en vertus, sa lascheté en clemence, son
impudicité en galanterie. Bref ils luy preschent que

ſes parolles ſont des oracles, & l'eſleuant iuſques au troiſieſme Ciel, luy font accroire qu'il eſt, non Officier, mais compagnon de Dieu. Fuyez donc SIRE, fuyez la rencontre de telles gents, comme celle du Baſilic qui tue de ſon ſeul regard, & que ce ſoit au teſmoignage interieur de voſtre conſcience que vous ſçachiez au vray ce que vous eſtes, ou ce que vous n'eſtes pas, imitant ceſte Vierge (que dit Pline) laquelle ſe regardant en vn miroir, voulut tirer ſon portraict de ſa propre main, pour fuyr la flaterie du Peintre.

La cour du Prince ayant à ſeruir d'exemple de pudicité à tout le Royaume, voſtre Maieſté ſe commandera ſoy-meſme, ne plus ne moins qu'elle commande ſes peuples, & eſtimera eſtre choſe digne d'vn Prince vertueux de ne s'aſſeruir aux voluptez des ſens, ains elle les domtera mieux que ſes propres ſubiects, ne preſumant point que tous doiuent viure reglément, & qu'il ſoit loiſible à elle ſeule de s'abandonner aux plaiſirs illicites, leſquels on ne ſçauroit mieux vaincre qu'en les fuyant, comme l'on dit des Scites qui combattent leur ennemis en ſe reculant.

La faueur du Prince eſtant deſiree de tous, vous la departirez auec tant de diſcretion, que faiſant du bien & de l'honneur aux vns, vous oſtiez aux autres toute occaſion de ialouſie & de meſcontentement. Si bien que viuant en Pere commun de vos ſubiects, vous diſtribuerez les charges du Royaume, non tant par la recommandation & au gré d'autruy, que par la propre cognoiſſance que voſtre Maieſté deſirera auoir du merite de chaque particulier. Car ceſte authorité Royale ſera d'autant plus abſoluë que nul ne receura du bien que de la ſeule main de ſon Roy. Authorité SIRE, dont vous deuez ſur tout eſtre ialoux, comme eſtant le lict des Veſtales, & la couche ſans macule qui ne souffre iamais de compagnon, n'estant pas d'elle comme du partage de Polux, qui se contenta de n'estre que demy-Dieu, pour admettre son frere à la ioüissance de son immortalité. Aussi la France est vn corps qui ne respire & n'a vigueur que par vn seul esprit, ne plus ne moins que tout l'vniuers n'est illuminé que d'un seul Soleil. Et comme Lysander se plaignoit au Roy Agesilaus, qu'il sçauoit fort bien abaisser ses amis: *Ouy bien (luy respondit-il) ceux qui veulent estre plus grands que moy*: De mesme vostre Maiesté sçaura humilier ceux qui s'en orgueilliront, & qui voudront estre plus qu'ils ne doiuent, comme au contraire, elle exaltera ceux qui humbles & debonnaires se contiendront en deuoir. Temperant ainsi vos faueurs, vous ne tomberez iamais en l'inconuenient que la sœur de l'Empereur Commodus luy reprochoit, disant, que de simple Esclaue il auoit fait Cleander Seigneur: Mais que de Seigneur il estoit deuenu luy-mesme Esclaue, pour l'excez de la grandeur où il l'auoit esleué, & laquelle en fin luy fut si suspecte, qu'il ne la peut abbatre qu'en luy ostant la vie.

Considerez aussi (comme le Serenissime Roy de la grande Bretagne representoit à son Fils) *que la vertu accompagne le plus souuent la noblesse du sang, & que la dignité des Ancestres nous oblige à respecter ceux qui en sont issus. Pourtant, honorez les Seigneurs & Gentils-hommes qui reuerent vostre personne, & qui obeissent à vos Loix, parce qu'ils sont comme les Peres de la Patrie. Plus vostre Cour sera remplie de telles gents, plus y aurez-vous d'honneur, les employans mesmes en vos affaires plus importantes. Aussi sont-ils les bras & les mains auec lesquelles vous executez vos Loix & iustes volontez. Soyez donc gracieux à qui vous obeira, & rigoureux à qui fera le contraire, afin que mesmes les plus grands viennent à croire, que leur plus*

haut poinct d'honneur eſt à l'ennuy des petits de reſpecter
voſtre perſonne, & d'obeyr à vos commandemens, faiſant
ſonner à leurs oreilles, que le premier ſeruice que vous deſi-
rez d'eux, eſt que non ſeulement ils vous rendent ceſte obeiſ-
ſance ; mais qu'ils la facent auſſi rendre par les moindres,
& que ſans cela leur ſeruice ne vous peut eſtre agreable. Ce
meſme grand Roy deſireux de conſeruer la Nobleſ-
ſe de ſes Royaumes, & pour empeſcher qu'elle ne reſ-
pande ſon ſang dans des querelles particulieres, ne ſe
deuant immoler que pour le ſalut de l'Eſtat, diſoit en-
cor à ſon cher Fils, ce que voſtre Maieſté ſçaura, Dieu
aydant, accomplir heureuſement : *Ne ceſſez ie vous*
prie, que vous n'ayez oſté & deſtruict ces mal-heureux
duels & deffis, afin que l'effect en ſoit aboly, & le nom meſ-
me oublié.

Auec le ſupport que le Prince tire de la force &
bien-vueillance de ſes ſubiects, encores a-il beſoin de
s'appuyer au dehors. Les alliances que fera donc voſtre Maieſté, ſeront fortes & puiſſantes, parce que de
s'vnir & confederer auec des perſonnes foibles, ce ſeroit ſeulement cercher auec qui ſe perdre. Et pour
conſeruer l'amitié des Princes que vous iugerez dignes de voſtre alliāce, procedez touſiours ingenuëmēt
auec eux. Car comme on diſoit du bon Traian, *qu'vn*
Prince peut bien eſtre hay, encores qu'il ne vueille mal à per-
ſonne: Mais, que d'eſtre aimé il ne le peut eſtre ſi luy-meſme
n'ayme: Ainſi n'attendez de vos Alliez rien de net, &
d'affranchy, ſinon qu'autant qu'ils ſe reſſentiront obli-
gez de vous rendre le change de l'amitié que vous
leur teſmoignerez en l'accompliſſement des traittez
& des promeſſes où vous aurez engagé voſtre foy.
Foy, dy-ie, qui fait honorer ou meſpriſer le Prince.
Car l'obſeruant religieuſement, fuſt-ce meſme à ſon
dommage, il en eſt en perpetuelle bonne odeur ; com-

me au contraire l'infraction luy en est grandement
honteuse. Et pouce que vos peuples benissent Dieu
de voir auiourd'huy ceste couronne alliee d'vne dou-
ble alliance auec l'Espagne, il est à esperer que des ga-
ges si precieux donnez de part & d'autre, seront autant de liens sacrez pour maintenir leur amitié inuio-
lable, & pour conseruer ces deux grandes Monarchies
en perpetuelle concorde, afin que comme leur desu-
nion à causé si long temps des pertes irreparables à la
Religion & à l'Estat, leur bonne intelligence soit
maintenant au support & à l'appuy de tous les deux.
Non que pour cela vostre Maiesté doiue moins s'entretenir auec ses autres Alliez, ains les ayant pour amis
& procurant tousiours par voyes iustes, que le fort
n'opprime le foible, la France se glorifiera du mesme-
me bon heur que Themistocles donnoit à la terre
qu'il vouloit vendre, disant (pour la bien louër) qu'elle
auoit bon voisin.

Finalement, S I R E, encores que vous soyez par
dessus toutes les Loix humaines, & que ce ne soit à vos
subiects de controller vos actions, si n'estes-vous pas
dispensé des Loix diuines qui vous obligent à bien &
droictement regner. C'est pourquoy si vous embras-
sez les vertus que i'ay osé vous representer en ce discours, & que vous preniez la sincerité de mon affection en bonne part, vos peuples se transformeront se-
lon l'innocence de vostre vie, tout ainsi qu'on voit
qu'il y a de certaines plantes qui se tournent au mou-
uement du Soleil : Et encores que vous ayez tant plus
de peine à bien regir, que vous estes successeur d'vn
bon Prince : si est-ce que viuant ainsi, nous esperons
que vous ne cederez au Grand Henry vostre Pere :
Vous serez beny de Dieu, sa main puissante sera le
soustien de vostre Sceptre, ses Anges celestes seront à

l'entour de vous, comme vne forte legion deſtinée à
la garde de voſtre Maieſté: Mais parce qu'il eſt impoſ-
ſible de bien regner ſans la vraye Sapience, vous la de-
manderez à Dieu, & luy direz auec le plus ſage Roy

Sap. qui a iamais eſté au monde. *Enuoye la des Cieux & du*
ca.9. *ſiege de ta gloire, afin qu'eſtant auec moy, elle s'employe a tra-*
uailler, & que ie ſcache ce qui eſt agreable deuant toy. Car elle
ſcait & entend toutes choſes, & me conduira ſagement en
mes faicts, & me gardera par ſa puiſſance, de ſorte que mes
œuures ſeront bien receuës, & gouuerneray iuſtement ton
Peuple, & me rendray digne du Throne de mes Peres.

FIN.